JN222243

［俳句とエッセー］

私にとっての石川くん

赤石忍

創風社出版

俳句とエッセー

私にとっての石川くん

目次

第1章

私にとっての石川くん

「石川くんの生活」

石川くんは不思議な人である。もともとの姓ではないのに、石川を名乗っている。しかも合法的に、だ。名は音読みでは「アンジュン」となる。初対面の時にそれを縮め、フランス語のイントネーションで「アンジュ」と呼んでくれと言った。私にも来世フランス人志向があるが、本人は多分、少し古いが、アラン・ドロン気取りでシャンゼリゼ通りを闊歩する気なのかもしれないけれど、おそらく地方のブドウ畑栽培に従事する、太った農民として再生するだろう。そして、日本のテレビ番組等で紹介される場合は、訛りの強い方言で吹き替えられるに違いない。

石川くんが海鼠を好きかどうかは知らない。ただ酒場で「もずく」をうまそうに食べたのを見た事はある。その時も「このモジュク、うまいなあ」とフランス語的に言った。薄汚い居酒屋で海鼠のような風体をした石川くんが「モジュク」と発音した時、目の前を美しい雲が棚引いていくような気がした。もずくは海雲を当てるが、透き通った水面に光が差し込んだ時、もずくは岩場で雲のように漂うのだろう。そう言えば石川くんは海鼠のように日々じっとしているが、精神は常に漂っている。似合いもしないが、パリの凱旋門近くを漂っている。

海鼠の日石川くんの歯が抜けた
海鞘裂いて金歯の女と石川くん
海牛はタリラリランです石川くん

「石川くんの言語観」

石川くんは、自身の母語津軽弁を世界的言語だと言う。しかもフランス語に限りなく近いと力説する。他の言葉に比べ、両者に共有する効用としては、短い発語で自分の意思が自由に伝達できるところだと、比較言語論の定説を無視して唾を飛ばす。例証として「あなたはどこへ行きますか」「私は銭湯に行きます」をよく挙げる。石川くんは言う。「なあ、共通語で言うとこれだけ時間がかかるんだ。しかし津軽語で言うと、『な(汝の短縮型か)・どう(何処への省略型か)?』『わ(私のこと)・ゆ(湯屋を示す)』。短いだろ」。「な・どう?」「わ・ゆ」。うん、短いは短い。「私はあなたを愛します。フランス語では『ジュ・テーム』だ。似てるだろ?」。う〜ん、短いという点は似てる。

石川くんに言わせると、津軽語はドイツ語の要素も取り入れているそうだ。よく使う否定の言葉「まいね」。この「ね」は、独語の語尾変化から来ているに相違ないと言うが、多分違うだろう。ともあれ狭小な比較言語の世界から飛び出し、大きな視点からしても、「まいねきゃ(駄目だ・困った)」「んだびょーん(そうだね)」などを多用する津軽語ほど、人類を高揚させる躍動的な言語はないと言う石川くん、今日も引き籠ってごろ寝をしている。

恋人のようで晩夏の石川くん
十月の石川くんは比喩である

「石川くんの性向」

石川くんは女性が通り過ぎると、ある一定の割合で振り返る。そしてその姿を追おうとする。多くの場合、一、二メートルは後戻りする。相手の容姿には統一感はなく、或る年代に偏るわけでもない。よくよく観察してみると、一つの仮説が浮かび上がる。そうか、彼は特定の女性が体から発するフェロモンに、敏感に反応しているのだと。

蛾のメスがオスを性的に引きつけるために、何らかの誘引物質を発しているのでは、という事例がファーブルの『昆虫記』に記されているそうだ。それは微量の分泌液で同種の個体間のみが通じ合う、暗号のような物を連想したら良い。つまり石川くんは人一倍、その感覚が強いという事になる。そう書くと、石川くんがすこぶる動物的、原始的であり、退化の過程を辿っているように感じる方もおられようが、決してそうではない。むしろ人間の在るべき姿に向かって成長しているのだ。その証拠に、酒席で女性のズボンを引っ張っても、突然、指をしゃぶっても怒られた事がない。軽く「ダメよ」とたしなめられるだけだ。もしかして彼自身、許容のフェロモンを発しているのかも。その分泌液を人類が皆、保持したなら、戦争も無くなるかもしれない、とまで思う。

舟虫は怪しい尻です石川くん
春神も石川くんも歯に海雲
海牛と海鼠とオレと石川くん

「石川くんの批判」

石川くんは興に乗ると卒業生でもないのに、東京農業大学応援歌「大根踊り」を舞う。両手に大根を持ち、片足を交互に上げて踊るのだ。この踊りがまた、小太りの風体に良く似合う。くすくす笑っているとじろりと私を睨みつけ、「君は何故に踊らないのだ」と詰問する。「別に母校じゃないから」と言うや、「だから君は駄目なんだ」。大根を手に踊るのは確かに恥ずかしい。それを乗り越えるとその楽しさが体得できる。君はいつも格好ばかりつけているから、真の愉悦が理解できないというのがその主旨。彼の説は農業賛美の農大生を、逆に揶揄しているように私には思われるのだが、私を単に批判したいだけの彼の大量の唾きに圧倒され、沈黙せざるを得ない。

石川くんは津軽人である。その共通した特性を「じょっぱり＝頑固」「ええふりこき＝格好付け」と言う人がいるが、彼は後者を極端に嫌う。彼に関して言えば、それは自身に当てはまると思うのだが、その反動が私への誹謗中傷となる。「自分は女性が好きだ。好きな人には好きだと言う。何故に君はできない」。多分、彼は自分の弱みを克服する方便として私を批判するのだろう。迷惑な話だが面白いからまあいいかと、いつも甘んじて受けている。

海牛が群青に染めて石川くん

舟虫が石川くんになる冬波

「石川くんの妄想」

石川くんは小説家になると言う。そして作品はすべからく映画に成らなければいけない。主演女優はもちろん決まっている。吉永小百合だ。四部作で題名は順に、「冬が明けたら」「春になったら」「夏が行ったら」、うーん、秋は忘れてしまった。タイトルを聞くだけでも駄目だろうなと思うが、本人は大ヒット間違いなしと強気である。思うに石川くんと同郷の太宰治は、作品はあれほど読まれているのに、映画化のヒットはあまり聞かない。同じ津軽出身の石坂洋次郎は「青い山脈」「陽のあたる坂道」「若い人」等、原作を超えて知れ渡っているが、それに対して彼は不満だ。太宰のような作品の質を持ち、石坂のように売れる。それが自分の使命と偉そうである。

石坂ファンの私が「でも君はまだ作品すら書いていないじゃないか」と言うと、「だから自分には言う権利があるのだ」と反論する。つまり作品は書いてしまうと、自分の内から離れ他人の物となる。そうなるともはや、著者は語る権利はないが、自分はまだ書いてもいない。だからこそ夢見る事が許されるのだと、何やら訳の分らない言葉を繰り返す。単なる妄想と言えばそれまでだが、石川くんが言うと、妙な説得力が加わるのが不思議だ。

僕って何君って秋の石川くん
かつて人は樹だったという石川くん
百日紅石川くんも気をつけて

「石川くんの不在」

石川くんには等身大のモデルがある。多分に誇張はあるが、或る程度、事実に沿っていると言っていい。外で最期に会ったのは二年ほど前になる。東京・駒込の小さな公民館の一室で行われた津軽民話を聞く会。彼の故郷から来た語り部のお婆さんを少人数で囲んだのだが、巧妙な話術で笑わせる石川くんはここでも主役だった。いつもなら終了後は当然、酒席となるのだが、その時は頑なに酒を拒否し、珈琲を不味そうに飲んだ。そしてお互い不燃のまま別れた。

その頃から体調が悪かったのだろう、風の噂で膵臓癌だと聞いた。亡くなる二日前、入院先のホスピスを訪ねたが、これが本当の別れとなった。脳への転移で会話が難しいという奥さんの言葉が体を巡り、なかなか話かけられない。突然私に「秋田から来たの」と訊ねた。「そうだよ」とだけ答えると、彼は「東北の人はいい。東京もんは駄目だ」と続けた。沈黙していると、入ってきた看護師さんの手をきつく握り、「俺の手、こんなに冷たいだろう」と言った。うん、彼らしいと思った。別れ際、突然「やっぱり蟹田だなあ」と叫んだ。後日、彼の愛読書の太宰治著『津軽』にやはり、そのフレーズがあった。頁を捲りながら、もう彼を詠む事も書く事もないのだなと自覚した。

二日月石川くん的地蔵尊
天上の空も夏空、石川くん

第2章 不思議な少年

「神功皇后」

　夏の三日間、神功皇后はいつも私の後ろにいた。彼女が何者なのかはよく分らなかったが、子供達は愛着を込めて「ジンゴサン」と呼んでいた。舞台は北海道の小さな港町のお祭り。江戸期の鰊漁繁栄の細やかな名残である。本来は猿田彦が先導する神宮の鳳輦が主役なのだが、今ではそれに続く、十三台の山車の方が有名になった。

　そのうちの一台、私の地区の山車人形が神功皇后である。その彼女の前に、戦国甲冑をまとった小学生が御供として床几に座る。今思えば時代設定に無理はあるが、その役を先祖代々、私の家の子供達が引き継いできた。二階建ての山車の上で真夏の強い陽射しを浴びて、朝から夕方までじっとしているのは苦行そのもの。兄等は、幼児から小学卒業までの長い間、この武者人形をやらされ、解放された時の喜びの顔は今も忘れられない。それを引き継いだのが私。真夏に甲冑はただただ暑い。ドーランが落ちるのでアイスも禁止だ。急坂では重い山車を引き上げるために、御伴以外は全員が降りる。不安になって振り返ると、ジンゴサンは柔和な表情で「心配しなくてもいいのよ」と言ってくれる。彼女が誰であっても幼い私は、母のような感じを抱いたのは確かな事だった。

天照皇神蚊取り線香キンチョール
真夏夜の窓に柳家金語楼
南風葉ずれ股ずれオロナイン

「ランプの夜」

「トランスがとぶ」という言葉を幼い頃、よく使った。「とぶ」はどの文字を当てるのか、その意味さえもよく分らなかったが、その状態は心のざわめきとして今も残っている。トランスはトランスファー、変圧器のこと。海から猛烈な風が吹き寄せると、自宅脇の電信柱の上方に備え付けられている四角い箱から、線香花火のような火花が飛び散る。チリチリチリチリと多分、音を立てて燃えているのだろうが、海風のゴオーという音に消されて、私達の耳には届かない。そんな日の夜、決まって訪れるのが真っ暗な闇だ。「トランスがとぶ」と電気が遮断されて停電となり、ランプを持ち出すしか明るさを取り戻すすべはない。

大家族だった私の家の囲炉裏端には、祖父母を筆頭に住み込みの若い従業員も含め、大勢の人間達が集まる。いや、ランプの光がそこにしかないのだから、集まらざるを得ないのだ。誰かが話し始める。皆はそれをじっと聞いている。また誰かが話をする。その繰り返しが寝るまで続く。祖父母の昔の話。同居の従姉の話。従業員の方々の身の上話。暗闇は人の口を軽くする。ランプの夜は大人と長時間、一緒にいる唯一の時。いつしかトランスがとぶのが楽しみにもなっていた。

とりあえず君を晩夏としてみるか
晩秋の隣に君はうずくまり

「ハロウィン」

ハロウィンは、NHK放映の「チャーリー・ブラウン」で知った。チャーリーの吹き替えは確か谷啓、ルーシーはうつみ宮土理だったと思う。季節は十月末。ルーシーの弟ライナスがかぼちゃ大王の降臨を夢見る中、現実派のルーシー達は「トリック・オア・トリート（お菓子くれないと、いたずらしちゃうぞ）」と叫びながら、近所の家々を訪ねる。他の皆がいろいろな種類の菓子を貰い喜ぶのに対して、チャーリーだけは「僕、また、かりんとう」と弱々しく呟くのだ。

このセリフに笑ったのが半世紀ほど前。日本ではまだ、影も形もなかった、古代ケルトの秋の収穫祭が起源というこの仮装行事は、今、若者中心に広まってきているが、実は少年時代、私も故郷で同様な事をした記憶がある。七夕の夜、「ローソク出せ、出せよ」と唱えながら、家々を回りお菓子を貰うのだ。だが、或る上品な老婆の家で注意を受けた。「出さねばかっちゃくぞ（ひっかくぞ）」というフレーズが顰蹙を買ったのである。それ以来、私の仲間は「ローソク頂戴、頂戴な。くれないと困るよ」という、何とも迫力のない題目に変更を余儀なくされた。それ以来、興味を失っていった私のハロウィンだが、細々とでも形を変えて、今も続いているのだろうか。

晩冬の木に刻みこむ君の声
言うこともなく晩春の汗匂う
まあいいか晩夏の脇に君を置く

「北の春」

春になると決まって思い出すフレーズがある。「朝早く　授業の始めに／一人の女の子が手を挙げた／―先生　燕がきました」。多分、小学高学年の時に教科書で読んだのだろう。いつまでも頭の片隅に、棘のように突き刺さっていた。この詩が「どうだろう／この沢鳴りの音は／山々の雪をあつめて／轟々と谷にあふれて流れくだる／この凄まじい水音は」で始まる、丸山薫作の『北の春』と分かったのは、かなりの時を経てからである。

私の町に燕がやって来るのは春の遅い時季。全国的にはもはや初夏と言っていい。まず四月になってようやく雪解けが始まり、五月を迎えて木々が一斉に花を咲かせる。やがて燕が飛び回り巣作りを始め、七月の終わり頃、やっとじりじりと太陽が照りつける。そして夏祭りが終わった八月中旬からは、夏は少しずつその使命を終え、燕は南へと旅立っていく。それが少年時代の夏のイメージだ。だから私は、手を上げた少女に「春の訪れ」を感じたのではなく、雪がまだ残る季節にやってきた、初夏の象徴の燕の姿に驚きを覚えたのである。長く寒い冬が終わり、ようやく巡ってくる北国の春。その喜びの大きさは、やはり北の地に生まれた者でなければ、とも思う。

なんとなく晩秋の傷君の傷

晩冬は羊歯植物の宴の中

「故郷の言葉」

子供時代に普通に使っていた、北海道南部の言葉を振返る事がある。あの言葉の語源はいったい何処にあるのか。どの地域まで果たして通じるのか、と言うように。私の故郷は海に向かって迫り出している山肌に、へばりつくように集落を形成している。だから、海も山も子供達の格好の遊び場だった。岩場にはウニが豊富にいて、今では密漁だろうが、当時はそれを焚き火に放り込んで焼いて食べた。棘が短く茶色をしているのがエゾバフンウニ、棘が長く黒いのがキタムラサキウニである。私達は前者を「ガンゼ」、後者を「ノナ」と呼んでいた。語源を調べてみるとガンゼはウニの古名「石陰子（かせ）」から、ノナはアイヌ語を起源としているようである。

では山の方はどうか。小腹がすくとよく赤い実を食べた。私達はそれを「ぐすべり」と呼ぶ。調べると「グースベリー（鵞鳥の実）」、てっきり北海道の方言と思っていたが、何と英語が語源。明治期に欧州から入り、野性化したものを食べていたのだ。では洋服に纏わりつく「だっこんび」は、と調べると、「オナモミ」が正式名称。「ひっつき虫」「ちくちくばんばん」等、全国には様々な呼び方があるが、どうやらこの言葉は、北海道南部特有の表現と言えそうだ。

右眉をムーと名づけて夏が行く

梅雨明けて右足だけが伸びている

左から見れば故郷は真夏なり

「躑躅の花」

小学五年生の春の遠足の時だから、一九六四年、前の東京オリンピックの年か。隣町にあるE山まで一〇キロほどを歩いたと思う。この町は北海道でも古い歴史を持ち、室町期には津軽・安東氏の前線基地が在った。山麓に近い上國寺の由緒は正しく、開基はその頃だとされている。

その寺の本堂に二百名余の児童が詰め込まれ、住職の法話がやおら始まる。私達に真の賢さについて伝えたかったのだろう、こんな話をした。昔、アイヌの人々が冬場、弓矢を手に攻めてきた。足元は藁沓なのでずぶずぶと雪に埋まる。一方、和人達はかんじきをつけているので動きが速く、あっという間に撃退してしまった。春になって再度、攻撃を開始したアイヌ軍は、かんじきが勝敗を分けたと思ったのだろう、足にそれをつけている。その輪が躑躅の木々に引っかかり、身動きがとれず全滅してしまった。躑躅の花が紅いのは、愚かなアイヌの血を吸ったからだと誇らしげに話す住職に、幼い私達は憤りを覚えた。嘘だと思った。当時はまだ私の故郷の周辺には、このような民族差別の逸話が少なくなかったように思う。ともあれ、晩春から初夏にかけて紅い躑躅の花が咲くと、私はいつもこの事が思い出されるのである。

素麺の流れて消えて原爆忌

口腔はじゃりんしゃりんと終戦日

「スキー」

北国生まれだから、スキーも滑れる事は滑れる。だが社会人となり、初めて長野・白馬八方尾根のゲレンデに立った時は面食らった。眼下に広がる斜面上で自分は何をしたら良いのか、皆目、分らなかったからである。ちなみに私の子供時代のホームグランドは段々畑。スキーを担いで頂上まで登り、直滑降で下ってくる。段差ではジャンプしなければならないし、木々が迫ってくると避けなければならない。つまりは必然として飛んだり曲げたりしていただけ。それが広々とはしているが、スキーヤーでごったがえしているゲレンデでは話は別だ。直滑降では衝突の危険が大だし、周りを見てもそんな人はいない。ボーゲン、クリスチャニア等、スピードを落とす技術がなかった、情けない段々畑スキーヤーから脱皮するのに、私はそれから少しく時間がかかった。

少年時代のスキーには、強烈な思い出がある。ある日、頂上からK君が先に滑っていった。三、四段目を飛び越えた時、急に彼の姿が消えたのだ。慌てて追いかけていくと、丸い桶の中に黄色になって落ちていた。肥溜めに雪が白く積もっていたのである。K君は私を見て「エヘッ」と笑った。私も「エヘッ」と笑い返すしかなかった。

冬来るランドセルからブロッコリー

地吹雪や妻は朝からサスペンス

冬銀河アスパラガスは眠らない

「テレビ」

振返れば、私はテレビ放送と共に生まれた事になる。だが物心がついてもなお、我が家にはテレビがなかった。それ自体は特別な事でもなく、それだけ高価な物だったのである。当時、力道山人気のプロレスが放映される夜には、一軒だけテレビのあるM家に町内中の人々が集まる。今思うと迷惑至極の話だが、不思議に嫌な顔をされた記憶はない。多分にそういう時代だったのだろう。

小学三、四年の頃か、学校から戻ると茶の間にテレビが鎮座し、画面には新幹線の試運転風景が流れていた。ようやく我が家にもテレビが来たという興奮が収まった後、まてよ、吝嗇な父が何故に買ったのか、という疑問が沸々と湧いてきた。いろいろな人に訊ねると、実はこういう事だった。禿頭の祖父は強度の近眼である。画面から五十センチ以上離れると絵がぼやける。M家においても一番前に座り、顔をブラウン管に近づける。必然的に後ろの人は画面半分、祖父の頭半分を見る事になる。相手が高齢ゆえ、不満は残るが注意はできない。それが町内の不評を買ったらしい。我が家のテレビで、大相撲の土俵半分が祖父の光った頭で隠れるのを見て、父が渋々買った訳を理解し、改めて祖父の頭に感謝した。

寝返りを打てば渚に貝は寄せ

雪明りチェロ弾く熊は月底に

「じん麻疹」

小学の高学年の頃だったろうか。中学生の兄と北海道・室蘭に住む叔父の家に遊びに行った事がある。親から解放された初めての旅だった。あの頃の室蘭には日本の製鉄業を支える富士製鉄が構え、終日、稼動するその煙突は火の粉を激しく噴出して、夜空を赤く焦がしていたようなイメージが私にはある。夜汽車が駅に近づくにつれ、車窓が紅く染まったのは果たして幻影だったか。

何日目かの夜、食卓に毛蟹が並んだ。夏、室蘭近くの海、噴火湾沿いで獲れる。食べ始めて小一時間経った頃、下唇がプクンと腫れてきた。痒さがしばらく続いたが、その時はそれで終わった。これに懲りて蟹は口にしなくなったが、今度は烏賊である。それも中学一年の体育祭の日だ。卓球の点数係の私の全身に突然、痒みが走った。顔までも腫れ上がり目蓋も塞がってよく見えない。慌てた教師に病院に担ぎ込まれたのである。それ以来、甲殻類、貝類等は一切口にしない。実家が海の近くにあるのに、である。だが貧しさは体質を乗り越える。東京に出て来て社会人となり、あまりの空腹に耐えかね、試しに烏賊を口に入れてみた。大丈夫だった。良かった。しかし今も蟹だけは避けることが多く、旅行等には常に、抗ヒスタミン剤を持ち歩いている。

炎昼に靴底だけが浮かびをり

油照よけても踏むか犬の糞

太腿がジュラ紀の夏を闊歩せり

「蒸気機関車」

トンネルに入ると窓を閉めようとする癖が今も抜けない。蒸気機関車の時代、筒状のトンネルを煙は満たし、閉め忘れた窓から入り込んで顔を真っ黒にする。咳き込む事もしばしばだった。当時は確か、函館から札幌に向かう列車はＳＬに牽引され、通称を「まりも」と呼んでいたように思う。それに乗って小学校の夏休み、母親の実家がある余市や叔父や叔母達が住む札幌に出かけるのが楽しみだった。山頂を噴き飛ばして大沼を造った駒ケ岳の脇を通って長万部に到り、そこから山々に分け入り急勾配の峠を越える。ニセコアンヌプリや羊蹄山等の名峰を過ぎると余市。海に沿って小樽に着き札幌となる。思えば長い道程だが、景色がコマ割りになって脳裏に浮かぶ。

そう言えば函館の高校二年の冬、仲間と大沼公園に泊まった。この時季にユースホステルに来る客など居らず、広い宿舎には我々だけ。来年の受験を控え、大した努力をしていないにもかかわらず、進路も含め、今後どう生きたら良いのか等と、大層な話ばかりをしていた気がする。話に疲れて激しい雪が降る中、外へ出ると、三重連のＳＬが黒い煙を吐きながら近づいてくる。沼のほとりを疾駆してくるその姿に、全てが小さな事のように思えてきたのだった。

天高くみんなそろって立ちくらみ

眉間に疑問符臀部にアスパラガス

「赤いヤッケ」

大学に入ったばかりの頃だから、かれこれ四十数年前。第一志望の大学に落ち、鬱々とした気分で過ごしていた。まだ風が皮膚を刺す時季。こんな事ではいけない、とにかく山に登ろう。自分を取り巻くつまらぬ世界を見下ろそうと、何となく思ったのである。青森・津軽平野の中心には、太宰治が十二単を広げたようと比喩した津軽富士、岩木山がそびえている。一六〇〇mほどの単独峰で古くから山岳信仰の対象となるほど、その姿はやはり神々しい。隣の部屋の医学生を誘い、もはや死語に近いヤッケを着込み、まだ雪が残る山頂へと向かった。

残雪に半分ほど埋まっている岩木山神社の奥宮を参拝した後、帰りは道らしい道のない斜面を下る事とした。慎重に歩を進めていると、上方から「助けて」の声と共に赤いヤッケ姿の女子学生が滑り落ちてきた。慌てて手を差し伸べたが、我々二人も引きずられたまま流されていく。帰途のバスの中で美しいを連呼していた医学生は、ちゃっかりその彼女と再会を約したというが、程なく二人は別れた。お互い会うたびに美を感じなくなったのが、その原因らしい。山で出会った男女は、決して下界で再会してはいけない。その時以来、私は上記の教訓を固く守っている。

鉦叩き呪いの効かぬ夜もある

春の波航海地図は黄ばみをり

雪渓に風吹くボレロのように吹く

第3章

東京まで

「遠い東京」

オリンピックもビートルズ公演放映にしても、北海道の片田舎に住む私が肌身で実感するには、東京はあまりにも遠かった。大型テレビがまだ普及していない一九六四年十月に、東京で開催された第一八回夏期オリンピックの時は、小学校の体育館に設置された一三インチの小型テレビを学年全員で観戦し、一九六六年七月のビートルズ公演の時は、東京に住む美大生の従姉が映るのではないかと、祖父や祖母を始め家族全員、白黒テレビの前にきちんと正座をして観た。

だが当時、東京での催し物は、テレビという小さな箱に納められた架空の出来事としか、幼い私には捉えられなかった。或る夏、その東京から大学生の従兄が大事そうに鞄に入れて、見知らぬ黒い液体を運んできた。「スカッとさわやか」等というCMが流れる前の事。無理やりに飲まされた時の刺激といったら言葉にならなかった。大仰な話だが、これがまさに私が初めて「東京」に触れた瞬間であり、私の昭和が動き始めた時でもある。しばらくして、口の中で拡散するその黒い炭酸水コカ・コーラが、アメリカから輸入された飲み物である事を知った時、アポロ十一号が世界に先駆けて、月面直陸した理由が分かったような気がした。

風薫る俺は今日からフランシス
常温にサマーワインも柔肌も
コカコーラ飲んで月まで飛んでいく

「冬晴れ」

私の故郷の冬の空は、いつも灰色に荒れ狂っていた。波の花を舞い上げながら海から強く吹く風は、雪を厚く積もらせる事すらさせず、その風に耐えられるように作られた、びゅうびゅうと震える電線は、日本で一番太いと周りの大人たちは自慢していた。空や海が作り出す灰色に街中が染まり、私達自身も灰色の存在となってしまう。だからこそ冬の、月に幾度か晴れ上がる真っ青な空は、神々しさすら感じさせた。まさに少年の私にとっての冬晴れは、非日常の「ハレの日」だったのである。だが二十を過ぎて住み始めた東京の冬空は埃っぽく、そしていつも晴れていた。

三十数年間、東京近郊で住み続けている今の私には、冬晴れの空は日常の事であり、むしろ雪雲がかかると、いつ白い雪が降り、足元を埋めてしまうのかと、どぎまぎする心の動揺を感じてしまう。確かにあの頃の私と全く逆の自分が、事実としてここにいるのである。だから冬晴れという言葉に出会う時、「喪失」と捉えるべきなのか、それとも「日常の風景」と感ずるべきなのか、今も迷う自分がいる。私にとっての冬晴れの二面性。それこそが、この季語をどのように捉えたらいいのかと戸惑う、大きな要因であるのには違いないのだ。

瓶ビールしゅぽんと未来は飛んだまま
春の陽をジャスミンティーで転がして

「雑木木」

　少年時代、私にとっての都会は月刊の漫画雑誌だった。懸賞の応募やクイズの投稿先である「東京」、この二文字を記すだけで胸がわくわくしたのを今も覚えている。小学校中学年の頃、やっと我が家にも来たテレビからの映像は、自分の世界からあまりにもかけ離れており、異空間とさえ思われたが、それに対し雑誌は都会の匂いをいつも期待に違わず、私に降りそそいでくれたのである。その中で一番好きだったのが寺田ヒロオの『背番号0物語』。野球少年たちが織り成すほのぼのとした漫画で、そこには「東京」が生き生きと描かれていた。

　しかし、いつも違和感を持って眺めていたのが「雑木林」の存在だった。海に向かって迫り出している山に、へばりつくように集落を形成する私の故郷、北海道の日本海沿いの小さな港町の林は、一歩間違うと人を飲み込むかのように奥深く、常に緊張感をもってその林道を歩んだ記憶がある。だが漫画に描かれた「雑木林」には枯葉がやさしく積まれ、木の実もそこらここらに散らばっており、私が現在、住まいの付近で目にしている光景と変わらない。野球に向かう少年達が漫画から飛び出てきたかのように、今も駆けていくが、私は何を得て、果たして何を失くしていったのか。

僕の椅子に誰かが座るレモン水

桃の花散る堕天使の裸体絵図

梅雨晴れやかちんとはまるドアの鍵

「勘違い」

東京に出てきたばかりの頃、知人に「麻布十番で会おう」と言われ、「そのラーメン屋、どこにあるの」と聞いて笑われた。その連想はたぶん、幼い頃、漫画で読んだ「王貞治物語」に起因しているのだろう。王選手の実家は、中華料理屋「五十番」。そう言えば「東急ハンズ」という店の名も、「東急飯店」と間違えたような気もする。昔、会社にいた先輩のKさん。当時は社員で構成する互助会の行事が多く、東京・新宿のジンギスカン店で肉をたらふく食おうという催しの時だったと思う。さんざん飲み食いした後、彼の言った一言。「やはり牛肉はうまいなあ」。ちなみに彼は、長野の鬼無里（きなさ）村をずっと「きむり」と呼んでいたから、それほど驚くにあたらない。

幼い頃は童謡の歌詞の思い違い。『ふるさと』の一番、「兎追いし彼の山」。これを「兎美味し蚊の山」と連想する子供も多く、友人は二番の「恙無しや友垣」をどんな柿かと思っていたそうだし、或る人は『浦島太郎』の「帰って見ればこは如何に」を「恐い蟹」とずっとイメージしていたと言う。実は私も、故本村弘一さんの句「相沢もいたこんぶ児童合唱団」が句会に出た時、「相沢も板昆布」と詠んで天に入れたが、「相沢もいた」で切れると知って、思わず赤面した。

紙風船ふわり梨むいてあげる

もしここが空だとしたら秋燕

「元気になる句」

松本竣介の「立てる像」が好き。画集で見たのだろうか。それとも美術館で見たのが最初だったのか。黒い道を踏みしめてすくっと立っている黒いシャツ姿の青年。彼の左右には静かな街並みが背景として描かれているが、本当を言えばつまらない絵だなと思ったのが初見。同じように感じたのが、高浜虚子の「春風や闘志いだきて丘に立つ」に出会った時だ。

仲間達が卒業して去った学生時代の終わり頃、一人取り残された私は誰とも会わないように、明け方に寝て昼間遅く起きる生活を半年した。起きると同時にほぼ毎日、女友達が残してくれた自転車に乗って弘前城址公園に行った。三層の天守閣の脇を通り、広場を進むと眼前に岩木山が広がる。「オイワキヤマ」として津軽人の信仰を集めている、その姿に触れているうちに、鬱々とした思いに浸っている事が何やら馬鹿馬鹿しくなってきた。立っているだけで十分ではないか。座っているから、足を組んでいるから、ロダン像のように不健康に考え込んでしまうのだと思った。春風に吹かれ、山と対峙しながら丘に立つだけで元気になる。そう思い始めた時、虚子の春風の句が好きになってきた。声にするだけで気分が爽快になるなんて、何とも素敵な事だと感じたのである。

パセリ食む三年二組にアルマジロ

白昼の通り魔的な海鼠かな

ぱらりぱらぱらりぱられろ春の海

「唱えられる詩」

確か大学一、二年の頃だったと思うが、『現代詩手帳』か『ユリイカ』に、辻征夫の「婚約」が掲載された時、こんな詩もあっていいのかと驚愕した。「鼻と鼻が／こんなに近くにあって／（こうなるともうしあわせなんてものじゃないんだなあ）／きみの吐く息をわたしが吸い／わたしの吐く息をきみが／吸っていたら／わたしたち／とおからず／死んでしまうのじゃないだろうか／さわやかな五月の／窓辺で／酸素欠乏症で」。もちろん、タイトルの意味を内容から辿ると、死に到ってもいいほど、幸せに満ち溢れているのか、それとも悔恨のマリッジブルーに陥っているのか、様々な読み方ができるが、それ以上に一編の詩をすんなりと、記憶できた事に驚いたのである。

詩、特に現代詩は肘を張って、記憶を無理強いするように読まなければと思っていたが、肩の力を抜いて読んでもいいと感じたのが、この詩が最初だった。フレーズをいつの間にか覚えてしまう中原中也が好きだと言うと、何か格好の悪い気がしたが、辻の詩に出会って以来、口誦できる詩こそ素晴らしいように思えてきた。清水哲男の「ミッキーマウス」中のフレーズ「僕らは軽く手をあげるだけで／死ぬまで別れられるのである」も、素敵だと思った。

花婿はビーフジャーキー秋来る
席替えをしましょ春日も取り替えて

「経済学」

一応、経済学専攻という事になっているが、それが何たるか、まるで理解していない。授業に欠席を重ねているのだから仕方のない話だ。当時はマルクス経済学と近代経済学の二系統に分かれ、後者の授業に出ると「あんなプチブル経済学の講義なんか、聴くのかよ」と揶揄された。私も同調してはいたが、YというT大卒の経済政策の若い助教授の話は面白く、ちょくちょく聴講した。

彼は県の商工会議所から毎月、経済動向の詳細を要望され、その説明の前には必ずビルの屋上に上ると言うが、理由はこうだ。「屋上から市内を一望すると、工場や倉庫の屋根がまず目に付く。赤錆びたままだったら景気はまだまだ。ペンキが塗られ始めたら上向いてきた証拠だ」。経済指標は過去の産物。現在を知るには屋根の状態の方が確かという一見、乱暴な論理のように思えるが、私はテレビで偉そうに経済を語る評論家なる者より、彼の方が今も確かだと信じている。講義の中で生産力の欠如を主な理由に、ソビエト連邦の崩壊をその二十年も前に断言していたが、その実現を見る事もなく、母校に教授で戻る約束のレールに乗る事もなく、若くして亡くなられたと聞いた。考えが異なり分かり合えない人の中にも、惜しい人とはいるものである。

空豆を飛ばす地球は爆裂す

半熟のレモンは青き手榴弾

晩夏光四角に切った豆腐汁

「出版企画」

以前、他社の編集者に企画を売り込んだ事がある。タイトルは『五分間セックスのすすめ』。決して卑猥な気持ちからの発想ではなく、ベースは家庭円満への清らかな願いからだ。題名から「五分間という短い時間に性急に事を行う」と連想する方が居そうだが、夜、夫婦が褥を共にし、五分間手を握って眠りに就こうと言うのがその主旨。近年、セックスレスの若年夫婦の増加のほか、鼾に困惑して部屋まで違える熟年層も多く、中には同室のまま布団の頭の位置を反対にする例まで聞き涙した、このような悲しい人々を生み出さないためにも、愛する者同士の間断のない触れ合いが重要であり、それが家庭のみならず、社会の平和と安定を生むという私の熱意に満ちた説明に、相手は五分間じっと目を閉じていたが、やおら「まあ飲もう」と言って、企画は見事に頓挫した。

それでも懲りない私は第二弾として、『大体の思想』という企画を用意した。人は大体で生きれば良い。家事も仕事も根を詰めるから破綻をきたすのだ。肩の力を抜き、七割程度の成果で満足する。茶碗を洗って、多少汚れが残っても気にしない。部屋が散らかっていても我慢する。私の熱弁をじっと聞いていた懇意の編集者は、「だから君の俳句は大体なのか」と言った。

撫子は脱いだら凄いってことになってる
位置につきその流れ星フライング

「編集者と本」

編集業を四十年も続けている。出版文化という幻想の下、比較的人気がある職業だが、本とは言え、売買を一義とした商品である事には変わりはない。それと共に気づく事は、創り手との意識、才能の格差。人は「書きたい」「創りたい」と自覚し実際に表現をした瞬間に、プロと成るのだと思う。その成果のレベルで様々な段階に振り分けられるだろうが、共通しているのは「好き」という強い思いだ。だが自分の成果で生活が出来て、その場に踏み止まれるのは、ほんの一握りの者達に過ぎない。何より本は読者がいて初めて本と成り得る。ごく私的な表現を身近な人に限って伝えたいのなら、自筆原稿の回覧だけで足り、本来の私自身の趣味にも合う。だが見知らぬ人に自分を伝えたい衝動は、誰しも少なからず持っているはず。その発露が表現、その集約が本と言える。

しかし、問題は読者である。無料配布ならばともあれ、金銭授受を前提とする読者確保は簡単な事ではない。経験上、トップ層の作家・画家は、読者との距離感の取り方は巧みである。読者に寄添う部分と自分を押し通す事との適度な分離。つまりは読者との共同性を、明確に意識していると言う事なのだろう。一流には一流になる所以が確かにある。

蛇穴を出てから穴まで何マイル？

冬寒や羊は羊の皮を着る

秋陽さす窓辺に卵をそっと置き

「誤植」

本作りを生業にしていると、宿命的に付きまとうのが誤植。今では馴染みの薄い言葉であり、その使い方も本来の意味からすると、あまり正確ではない場合も多い。半世紀前には、印刷工場の植字工が手書き原稿を読みながら一文字ずつ鉛製の文字を拾った。その時、文字を読み誤って活字を選んだり、配置を間違えたりする事を誤植と言った、それが写真植字となり、昨今はパソコン上で原稿を打ち込みレイアウトをし、それがそのまま印刷用のデータとなる時代へと移り変わったが、古い編集者は相も変わらず、誤字・脱字等を誤植と言って忌み嫌い、本が出来てから二週間ほどは戦々恐々としている。特に誤植は見出しやキャッチ等、目立つところに出やすく、或る先輩等は奥付のタイトルを間違えた。別に支障はないと言って知らんふりしていた。

また誤植は、自分の担当した本では気づきにくいが、他人のものはよく見える。周到な教科書でさえ出るのであるから、いわんや、である。学習教材を担当していた同僚の誤植には笑った。漢字練習の箇所で大きな見出しの「飲」を「飯」と間違えた。上司に報告すると、同僚の豊満な腹部を見て一言、「仕方ないよな」と言った。大らかな時代だったと微笑ましく思う。

寒の水きんきん木村庄之助

柿食えば何言うてんねんおでん食べ

「文筆業」

編集者として夏目漱石を眺めると妙な気がしてくる。その高名に対して「書きたくてたまらない」という作家の意思があまり伝わってこないのだ。周知のように『吾輩は猫である』は、高浜虚子の勧めで文章購読会「山会」で朗読され、漱石自身もそれを聞いて大笑いしたと言う。そもそもは鏡子夫人が精神慰撫を虚子に依頼し、それを受けて漱石に文章執筆を勧めた。漱石自身もその意図を十分に受け、文章を執筆する楽しさのみで書き進めた。

その後、漱石は大学教官の職を辞し専業作家の道を選ぶ。だが真面目な性格ゆえに、自分の書きたい事よりまず、彼は読者の満足を念頭に置いたのではないか。どんな状況設定でどのような内容を望んでいるのか。そして当時の新聞読者のレベルを鑑み、漱石は男女の複雑な関係をモチーフとする。文体も通俗と揶揄されながらも読みやすくする。結果として同時期の多くの作家が消えていく中、時代を超えて読者を獲得した。だがその気遣いが寿命を縮めたのではないかとも思う。それは作者から最も遠い処にある、男女の不可解さをテーマにし続けた事が要因であり、執筆そのものが苦行と化して胃潰瘍を悪化させたというのは、あながち見当違いとも言えまい。

垂直に冬立ちのぼり帰蝶群

蝶がしとしと冬の角を曲がる

蝶は凍つ星座の位置を入れ替えて

第4章

揺らぐ風景

「船の旅」

「しんしんと肺碧きまで海の旅」。夭逝した篠原鳳作の周知の句である。この句に触れ、今の私達が船に乗る機会はどれほどあるのだろうかと改めて思う。飛行機運賃が安価になり新幹線が海底を走る。島々には橋が架かって自動車が往来する。一部の優雅な人々は別とし、交通手段に船を利用する事は極端に減ったのではないか。

津軽海峡にトンネルが掘られるまで、青函連絡船でよく往き来した。私は船には強いのだろう、船酔いは一度もない。海峡の波がすこぶる高く欠航便が続いた或る夜の事、風が収まってきたので出航すると言う。客は当然の如く少数で区切られた座敷には私一人。船の揺れ方は凄まじく、窓際に寝転んだ体はごろごろと通路側に転がるやいなや、次の瞬間、窓際まで戻ってくる。この回転運動は二時間ほど続いたが、それでも私は酔わなかった。無論そんな日ばかりではなく、しんしんを味わう事ができる雲一つない晴天もある。空と海が青く繋がるその中で、デッキの手摺りに持たれて深く息を吸い込むと、確かに肺の奥まで青く染まっていくような感じがする。日本海航路のフェリーで甲板に寝転んだ時には、太陽まで肺の中に入り込んできたような気がした。

凍て雲は蝶の形に破砕せよ

蝶も人も熱帯雨林の春に病む

落下物係となって秋の蝶

「風に吹かれて」

自宅近くの海で泳いでいると、「ヤマセが吹き始めたから、もう上がれ」と大人達からよく言われた。山から沖へ向かって風が吹くと、揺らぐ波に懸命に腕を動かしても、なかなか陸地に戻る事が出来ない。夏の子供達にとってヤマセは恐ろしい風だった。ヤマセは山背とも当て、夏場に北東から吹く湿った冷風で、北日本に冷害をもたらす原因ともなる。本来は闇風、病み風から転化した名称ではないかと言う人もいて、それゆえ農作業に従事する人達にとっても厄介な代物だったのである。我が故郷が江戸時代に航行した北前船の終点地としてクローズアップされ始めた時から、兄等は「あいの風が吹く」と、私にとって新しい風の名称を使い出した。これは夏、産物を積み込んだ船を蝦夷から上方に導く良風である。

さらには冬の厳しさを観光の目玉に、故郷は今、「たば風の町」として売り出しているが、この風は真冬に強く吹く北風を指す。だが私には、ヤマセほどのインパクトはない。ボブ・ディランの「風に吹かれて」が流行った頃、若者達は風に乗って何処か遠くへ行く事を熱望した。私もヤマセが吹くと、目の前の海を越えて、どこか見知らぬ処へ飛んで行きたいと、よく思ったものである。

日時計のかさぶた剥いで冬に入る

十月の馬蒼ざめたまま走る

「波の音」

大学生の頃、下宿の隣の部屋の住人が夜中にごそごそと起き出し、小雨の中、玄関の扉を開けて外へ出て行った。しばらくして戻ってきたがまた出て行く。そんな行為を何度か繰り返していたが、朝、その訳を尋ねると、雨粒が何かに当たるその音で眠れないと言う。そぼ降る雨の深夜に、わざわざ音源撤去活動をしていたのかと、呆れながらもそのしつこさに少しく感心した。

私はむしろトタン屋根に打ちつける雨音や、木々や電線を揺らす風の音が在った方が安眠できる。しんと静まった山小屋や旅館等では、眼が冴え切ってなかなか寝つかれない。その理由を辿ればやはり、生まれ育った実家が海沿いに建っていたからだと思う。波音が枕のすぐ傍に在ったという事だろう。一定のリズムを刻む潮騒が心身をリラックスさせ、ストレスからの解放に効果があると言われるようになったが、確かに心地良かった。だがそれ以上に好きなのが、海が時化る時に咆哮する海鳴り。ゴオーという音が一面に響き渡る。特に夜更け、雪を交えた風の音と、砕け散る波の音が混ざり合った時等は、心身が研ぎ澄まされたような硬直した感覚に捉われる。海から遠ざかった今となっては、感じる事はできないが。

水瓶座の水こぼれ春野に花

蝉しぐれ風は凭れる椅子と化す

月満ちて電車の客はみな狐

「三千院」

京都・大原の地にある三千院にはあれから何度か通ったが、初めて訪れたのは一九七〇年九月。その時、黄昏が深まる中を、路線バスを追いかけて、男女六人で野道を必死に走った事は幽かに覚えている。当時、辺鄙な北海道では高校の修学旅行の期間が七泊八日と長く、私の時の目玉は大阪での万国博覧会。だが、やっとの思いで着いた会場で見たのは、人波と太陽の塔と、一間だけのコスタリカ館だけ。わが母校は自由度が高いと言えば聞こえがいいが、次の日の京都は生徒任せの一日自由行動。さて何処に行こうか。京都と言えばこの歌という「女ひとり」のフレーズが急に浮かび、三千院に向かう事にした。親しい連中は同調せず男一人バスに乗ると、見知った男子が二人と三人の女子グループ。必然的に仲良くなり六人で大原を巡った。

今とは異なり喧騒もなく、ひなびた里というイメージが強く残っていたが、焼失前の寂光院を後にし、道草をしながら時計に目をやるともう六時。そして遠くにバスの姿が。仲間のラクビー部員が全速力で追いかけ、無理やり止めたバスに乗り込んだ時はほっとした。そのバスの上には確かに、月が低く浮かんでいたと思うのだが、感傷が果たして記憶を作っているのかどうか。

春雷や切り身の鮭は踊らない

冬帽を脱ぐ掌にオリオン座

「東大寺戒壇院」

もう四十年近くも前の話だが、当時は会社の広報誌セクションにいて、全国が対象の取材・原稿執筆が主な業務だった、その時は、奈良・東大寺に近い所が取材先で、インタビューと写真撮影を早々に終えた私は、高校の修学旅行で来た大仏殿を横目に、足早にまだ訪れたことのない戒壇院に向かった。国宝の四天王像に或る程度の知識しかなかったが、何か心惹かれるものがあったのだ。

行き着くと御勝手口のような入り口に、木製の札がかかっている。「観覧ご希望者は前の家へ」。恐る恐る拝観の旨を伝えると、どのような立場の方なのだろうか、鍵を開けるや「見終わったら、また来て」と言って去っていった。内はぼおっとして暗い。まず目を細めて遠くを見つめる広目天に魅かれる。口を開けて憤怒の形相の増長天、持国天も多聞天もそれぞれに素敵だ。一時間ほどがあっと言う間に過ぎ、退出を告げに行くと一言「ご苦労さん」。あれから戒壇堂と名を変え、拝観所も綺麗に整備され料金も取る。四天王の荘厳さは変わらないが、あの時の静寂はない。この話をするたびに、夢でも見たのではないかと言われる。相手は国宝だぞと。きつく言われると自信はなくなるが、私には確かな気が今もしている。

春ぼこり駝鳥は眼鏡をかけたまま

冬が来るたたんと老いる鼓笛隊

風死んで蛇腹に折った下半身

「茨城の海」

海を見なければ、と思った。海は果たして大丈夫なのだろうかと。二〇一一年三月十一日東日本大震災。東北、北関東の太平洋岸を中心に押し寄せた大津波の映像をテレビで見て以来、私の頭の中に巣食う巨大な波は、どこまでもいつまでも私を追いかけてくる。つまるところ、私自身が果たして大丈夫なのか、なのだけれど。ひと月を経た四月の終わり、最寄り駅である千葉県柏から茨城県水戸まで一時間半、一四五〇円をかけて特急に乗り込む。そこから鹿島臨海鉄道で大洗まで三一〇円。バスを一〇〇円ほど乗ると大洗港に着く。折角だからと、その日から再開する大洗ホテルに泊まったのだが、前日、自宅にホテルから電話が入り「本当に、来るのですか」。

海と言っても千葉の海や神奈川の海では、どうも違う。やはりここは東北の三陸海岸につながる茨城の海だ。大洗の砂浜にも五メートルの波が押し寄せ、宿泊したホテルの一階が水に浸かりましたと係りの人は言う。人っ子一人いない波打ち際を歩くと、波は寄せてはきちんと戻っていく。日常とはこんな事だと、北海道の海辺で育った少年期を思い出しながら歩く。そして、海はのたりの菩薩でもあり、牙をむく夜叉でもあると改めて思った。

サイダーの泡にいきなり地中海
ディラン叫ぶ今日から本当の冬の朝だ

「奥尻島」

日本海に面している私の実家は、水際から十メートルほどの小高い丘の上に在った。商家が立ち並ぶその海岸線には、四、五メートルの石垣がぐるりと張り巡らされ、由来は一七四一年八月、江戸中期に起こった渡島大島の噴火による津波で、当時二百名以上の人々が亡くなった事に起因すると後年、誰かから聞いた。当時はそんな事も知らずに石垣の上に腰を掛けて、海に沈む太陽や晴れた日にはくっきりと浮かぶ、眼前の奥尻島をぼうっと眺めていた。

その奥尻島を一九九三年七月に大津波が襲った。その日は早めの帰宅だったが、午後十時を回った頃に兄からの電話が鳴った。「津波が来る。俺達は避難したが親父が家で死ぬと言って動かない。お前から説得しろ」というもの。電話は繋がらず、津波警報は出ているもののテレビ画面には切迫感がない。事態が急転したのは奥尻町長の「青苗地区が無くなった」の一言から。テレビは慌てて大津波緊急警報を流し始めた。尊い二百余名の犠牲の下だが、その教訓は確実に現在の地震警報体制に生きている。ちなみに故郷は奥尻島が防波堤と成ってくれて、港の駐車場の車が飲み込まれただけで済んだ。父も家族の冷たい視線を浴びながらだが、その後十年ほどを無事に生きた。

巴里祭雨は本当に見たのかい
ここからはリラ冷えの街空高く
秋ひとり勝手に鳴りだす蓄音機

「私の名前」

私の名前である「忍」、この名前では苦労した。どうやら戦争帰りの父のあまりの横暴さをたしなめるために、祖母がこの字を孫につけ、息子の反省を促したらしい。私を呼ぶたびに「嗚呼、俺はもっと忍ばなければならない」と思うように仕向けた母心からだったが、孫の私から見れば無駄だったように思う。しかし、名付けられた本人からすれば迷惑な話だ。今では「素敵な名前ですね」と言われる事もあるが、当時は、ほぼ女の子の名前。しかも小柄で弱々しい風体をしているとなれば、言わずもがなである。

そう言えば、石川くんから彼の祖父の名前を聞いた事がある。「強」や「猛」等に憧れたものであった。栗太郎と言うそうだ。ここまではいい。次男は梨次郎、三男は桃三郎、飛んで五番目の四男は林五郎。栗、梨、桃、林檎。役場の戸籍係が必ず笑うと言う、このラインナップ、これも本人達には悩み多き名前に違いない。

私が自分の名前を見直したのは、高校のクラブ活動の剣道の試合での事。審判の方が小声で「刃の下に心か。剣士にはぴったりの名前だ」と言ってくれた。それ以来、自分の名前に誇りを持って他人に伝えられるようになった。「刃の下」のフレーズも忘れずに、必ず付け加えて。

味のある男は今日も日射病
草いきれ器の小さな男たち

「変身」

生まれ変わったら何になりたいかと聞かれても、馬齢を重ねると、特に思いつくものがない。好きな短詩に坪井繁治の「石は億万年を黙って暮らし続けた。その間に空は晴れたり曇ったりした」があるが、まあ石ぐらいかなとも思う。もっとも遠からず石どころか土になるのだろうが、でも折角だから、三流の彫刻家でも構わないので、石仏ぐらいにはしてもらいたい。

少年の頃は、お面やサングラスをつけ、マフラーを首に巻けば変身が出来た。お面の方は「月光仮面」から「七色仮面」「ナショナルキッド」、一方、サングラス派の流れは「快傑ハリマオ」から「まぼろし探偵」「少年ジェット」等になるだろう。もちろん漫画やテレビで活躍する彼等の姿にも夢中になったが、それらより私を虜にしたのが、映画「渡り鳥」シリーズの小林旭である。小学四、五年生の頃、学校から帰ると決まって赤いネッカチーフをしていた。素材は何か定かではないが、その辺のぼろ布に違いない。ただ、これを首に巻くと、どこか遠くに行ける気がしたのである。スクリーンの小林旭はギターを背負い馬に乗り、いつも何処かに旅立っていく。無国籍性という言葉も流行ったが、しかし彼は一体、何処へ旅立って行ったのだろうか。

冬銀河今日も下着は脱ぎ捨てる

星流る前立腺は肥大する

夏はすてきな紙パンツに限る

「妖怪」

私は人一倍怖がりである。お化け屋敷に入った事はないし、肝だめしも苦手だ。昔、生家の古い蔵に、胴体だけの山車人形が入った箱があった。首と胴を一緒にすると、夜な夜な町内を闊歩するからが分けた理由。その胴体が別の家にある首を探して、のしのしと蔵の中を歩くと言う。この話を聞いて以来、自宅から少々離れているその蔵には、小学校の高学年生まで近寄れなかった。真夜中、旅館に出た学生風の幽霊に、「ところで君、いつから出ているのか」と尋ねた話が、或る本に菊池寛の体験談として載っていた。作家であり出版社主である菊池のような度胸のある人なら別だろうが、気の小さい私のような者は、この手の幽霊話はあまり愉快ではない。

幽霊は嫌いだが、愛嬌のある妖怪には少しく興味がある。ただひたすら川で小豆を洗う小豆洗いのように、彼らの行動には、あまり意味や作為が感じられない。砂かけ婆は砂をかけ、子泣き爺は泣くだけの事だ。それだったら私にも出来そうだし、実際、周りの仲間にも居そうだ。幽霊は「脅かせてやろう」と、他人との関係を強要しがちだが、妖怪は唯我独尊であり、孤高でもある。年老いて、そんな存在への憧れが次第に強くなってきた。

梅雨寒のちょっとそこまでぬらりひょん

風死せり一反木綿の飛ぶ夜空

「山羊爺さん」

海に突き出た崖の上にその小屋はあった。山道を登り下ったちょうどその先に、茶色の藁の屋根が見えてくる。十数メートルほど直角に落ちた崖下の岩場には、いつも荒々しく波が打ちつけられていた。私の町から、鼻の突き出た古いボンネットバスに砂利道をがたがた十分ほど揺られると、道からかなり外れた場所に建っているその小屋は、ひっそりと姿を現してくる。そしてその小屋を見るたびに、きまって大人達は声を潜めては「あの小屋にはなあ、山羊爺さんが住んでいるんだ」と言った。小学校低学年の頃だから半世紀も前の話である。

あまりの恐怖に大人には聞けないその正体を年長者に尋ねてみると、その答えは皆それぞれに違う。近所のガキ大将は「顔は山羊だが身体は人間。夜になると子供をさらって食べてしまうんだ」と言うし、兄の親友は「山羊の皮を被った連続殺人犯だ」と話す。不明のままに中学生となり興味も薄れていったが、今にして思うと河童と同じ存在なのだろう。幼い子供達を危険な場所に近づけないための方便。それが代々土地に引き継がれてきたに違いない。山姥のような恐怖の山羊爺さんだったが、今なら愛らしい、ご当地キャラになれるかもしれないとも思う。

炎天の国境線は塗り残す

炎昼の河馬は真っ赤に塗ってやる

夏だから下唇を噛んでみる

第5章

マル・ウォルドロンの煙草

「煙草」

ふかす程度だが、煙草を吸っていた時期がある。与えられたテーマに沿って企画を立て取材をし、それを文にまとめる仕事がこれほどに大変とは思わなかった。当時は上司も厳しい。四百字三十枚程度の原稿を一ぺつするや、赤字で大きくバツを入れる。それを数度繰り返すと、原稿用紙は実に百枚以上にもなる。文が書けないと必然的に煙草の量が増える。私の場合、格好だけの喫煙だったから、仕事に慣れるにつれ、次第にその習慣は無くなった。

煙草を吸う姿に美を感じる事は多くはないが、数少ないその一人にジャズピアニストのマル・ウォルドロンがいる。彼の名前も消えかけてはいるが、当時は絶大な人気があった。そのトリオ演奏を小さなホールで聞いた時、まずピアノの上に大きな灰皿があるのに驚いた。亡きビリー・ホリデイに捧げる名曲「レフト・アローン」のテーマを弾き終わると、やおら煙草に火をつけた。ゆっくりと「取り残された」想いを吸い込んでいるのだろうか、ベースとドラムのソロを聞きながら吸い続ける。煙草を灰皿に押し付けて火を消すと、再び演奏を始めた。私は二本の黒く長い指に挟まれた煙草と、虚空を見つめていた黒い瞳を、その演奏と共に今も忘れることができない。

限りなく青を薄めて鳥渡る

月光を切り刻む夜海亀来

冬晴れや邪悪なものは現れる

「とっくりセーター」

初めてコンサートらしきものに行ったのは、中学二年の時。コンサートとは言っても、会場は切り立った崖の上に立つ町の小さな公民館で、五、六十人も入れば満員となった。高校二年の兄が風邪で熱を出し、急遽、私に労音主催のガリ版刷のチケットが回ってきたのだ。吹雪の中、海鳴りの響く畳敷きの集会場で唄い始めたのが、当時、『受験生ブルース』をリリースしたばかりの高石ともや。それがフォークソングと出会った最初だった。おまけにその公演の途中、付添いの新人が数曲唄ったのだが、それが後にフォークの神様と言われる岡林信康で、後から振返れば、何とも豪華なコンサートだったのである。当時は体制・権力を揶揄するプロテスタントソングが中心で、『友よ』がじわじわと広がると、全国の若者達の心を掴んだ。「夜明けが近い」のフレーズを唄うと、本当に何か違う世界が目の前に開けてくるように感じたものだ。

その後、岡林は自らの姿を消し、フォークソングもその力を急激に失う。私も次第にガロや荒井由美、オフコース等の旋律の美しい曲に傾倒していったが、今もやはり思い出すのは、茶色のとっくりセーターを着て、真冬の公民館でギターを掻きならす、岡林信康の姿である。

ソーダ水彼女は海豚のジョセフィーヌ
朝霧は見渡すかぎりミルフィーユ

「林檎」

没後三十数年が経ち、その存在は限りなく歴史に近づきつつある。様々なジャンルの手法を使って現在を変革しようとし、新鮮なフレーズを用いて若者達を揺さ振り続けた寺山修司の名も、遠くに霞んでいく事には一抹の寂しさを覚える。「書を捨てよ町に出よう」という言葉に、団塊の世代の何人かが本当に家を捨てたという話も聞いた。

大学一年の時、初めてその芝居を見た。「邪宗門」という海外でグランプリを取ったばかりの演目で、出身の青森に限った「天井桟敷」唯一の凱旋公演だったと記憶している。六時開演・六時半開場という奇妙なチケットを持って会場に向かう。鬼に扮した団員に太い棍棒で尻を突かれながら真っ暗な席へと向かうと、大音響の場内では客不在のまま、既に劇が始まっていた。音楽と舞踏中心の芝居が二時間ほど進んだ頃か、突然音楽が止み、吊るし天井から食べかけの林檎を投げつけながら、役者達の怒声が響いた。「いつまでお前達は傍観者のままでいるのか」と。それからは至る処で観客と演者との喧嘩だ。私も遅れじと舞台に上ってふと客席を見ると、遠くに寺山の顔がにやりとあった。してやられたと思った。手に林檎があったかどうかは、今となっては定かではないが。

水は水に侵されてをり夜光虫

鷹匠の肩に鷹居り風冴ゆる

鉄塔の赤錆剥いで水母売り

「マフラー」

土方歳三の人気があるのは、あの写真のせいだ。総髪で洋軍服。革靴とマフラー、羨ましいくらい格好が良い。歳三本の表紙の多くをあの写真が飾るが、あまり読書をしない姉が以前持っていったきり、戻ってこないものもある。美男子はつくづく得だと思う。近藤勇は残っている写真で損をしているし、平目のような風貌と書かれた本が流布するにつれ、沖田総司の人気は下降気味だ。

幕末の箱館戦争は戦いに明け暮れているように思うが、忙中閑有り、地元の大商人宅での連歌の記録がある。優秀な幕府官吏の中島三郎助等に比べると歳三の句は劣るし、句集を詠んでも親近感が湧くほど下手だ。その内容は写真にそぐわず、新撰組鬼の副長のイメージからも遠い。ちなみに箱館時代の歳三は優しくて評判も良く、その性格の真実は果たしてどのようなものだったか。

私の故郷には開陽丸沈没後、その下で榎本武揚と抱き合って泣いたという「嘆きの松」があり、また五稜郭近辺の山中には歳三の部隊だけが持ちこたえた砦址がある、というように、その足跡はいたる処に残っている。その印象には京都時代の暗い面は少なく、落陽のような潔さとでも言おうか、行く末を見据えた清々しささえも感じてしまう。

仏蘭西の孑孑ふらりフラダンス
アルメニア明日あした葉ダバダバダ

「手紙」

手元に井伏鱒二氏の手紙がある。「拝復　先日は大失禮しました。請求書云々と愚劣なことを口走り申しわけありません。専ら老人ぼけしたためです。どうか悪しからず。怱々不一」がその文面で、日付は一九八七年五月一八日。氏は一九九三年七月十日に九五歳で亡くなったので当時八九歳。以来この手紙を後生大事に飾っている。事情はこうだ。幼児・児童向けに詩の本を作ろうと思った。それもいわゆる児童詩ではなく、一般に詩として流布しているもの。さらには部分詩でなく完全詩を選んだ。その中に井伏氏の『厄除け詩集』からも「私の心の大空に／舞ひあがるはるかなる紙凧一つ／舞ひあがれ舞ひあがれ／私の心の大空たかく舞ひあがれ」という一詩「紙凧」を採った。

私は使用許可を得るために依頼書を送付した。数日後、井伏氏から激怒の電話が入った。「君は私の詩を載せるにあたって、掲載料まで取るつもりか」。慌てて「誤解です、先生。掲載料はうちがお支払いするのです」。沈黙された後、「そうか」と一こと言われて電話を切られた。そして冒頭の手紙。やはり大家というものは違うなと私は感動した。太宰治は「井伏さんは悪人です」と遺書に書いたが、本当にそう思ったのなら遺しはすまい。

横丁のキリスト像やさくらんぼ
消耗は嫌い鯨は空を飛ぶ
日溜りの猫は卵の上に立ち

「南米窃盗団」

プロというのは、やはりいるものだと感心した事がある。場所は北イタリア・ボローニャ市の国際展示場。年に一度、三月から四月にかけ、世界中の児童書出版社が集まり、児童書に限定した書籍の展示会が開催される。二十数年ほど前か、フランスの或る版元と通訳を交えて商談をしていた。メモを取ろうとして、座っている椅子の脇に置いたはずの鞄に手を伸ばしたが、これがない。直前に打合せをした出版社のブースに忘れたのだろうか、戻ってみたが見当たらない。狐につままれたようにふらふら歩いていると、知り合いの女性編集者から声をかけられた。「赤石さんの鞄、出てきたわよ」。慌てて警察の詰所に行くと、日本人ばかりがずらりと並んでいた。

聞けば南米の窃盗団が会場に入り込み、日本人中心に鞄等の盗みを働いたという。中には自ブースのバックヤードに置いた旅行ケースまで消えていたというのだが、一同が首を傾げたのは、いつ、どうやって盗ったかという事。私の場合も通路から一、二メートル離れた処に座っていたが、誰かが傍に近づいてきたという記憶がない。運よく飲み屋で撮った写真が入っていて鞄は戻ってきたが、今もって悔しさよりも感服への思いが強い。

雪虫舞う駅長さんは昼ごはん
地吹雪に思わず行司差し違え

「イタリア警察」

イタリア・ボローニャの国際展示場で鞄を盗まれ、警察官の詰所に行くと、うら若き女性警官が机に腰を下ろし、何を盗られたのかを一人ひとりに訊ねている。腰の拳銃をいじりながら「次はお前」というように手招きをし、「何か盗られたか」と聞いているようなので、カメラと答えた。「メーカーは」の問いにニコンと言うと、書類にNIKONと記して無造作に渡された。日本の警察とは異なり、面倒なのだろう、これで終わり。おかげで簡単に保険金が降り、使い古したカメラが新品になった。その晩盗まれた者同士で、イタリア警察の鷹揚さを話題に食事をした。

その仲間に翻訳家のK先生がいて、宿泊先はボローニャから電車で三〇分ほどの田舎町。楽しさに時間を忘れ、慌てて店を後にしたが、タクシーがなかなか捕まらない。だが、ここからの彼女はすごい。道端の車持ちの若者に「駅まで送って」と言うや否や、無理やり乗り込む。渋滞、信号待ちに「もっとスピード出して。電車に間に合わないでしょ」の怒声に、彼は意を決してボンネットに赤いランプを取り付け、サイレンを鳴らして猛スピードで走り出し、K先生はぎりぎりで最終電車に間に合った。若者は非番の警官。返す返すもイタリア警察は鷹揚だった。

絵ガラスの風葬空に白鳥座

盲目の燕鈍色の羅針盤

銀河冴え風は無音を音とする

「終着駅」

終着駅という言葉が市民権を得たのは、ヴィットリオ・デ・シーカ監督の「終着駅」が観客の心をとらえてからだというが本当だろうか。「太陽がいっぱい」のように海外映画の邦題化は、ヒットを左右する重要なポイントに相違ないが、終点の駅を終着駅としたとするならば、大したセンスだと言わざるを得ない。高校の終り頃に流行った曲に奥村チヨの「終着駅」があるが、その駅にはたいてい枯葉や粉雪が舞い、恋に破れた哀しい女性が降りてくる。そして、その駅はほぼ北の地にある。南の九州等では、哀しい女も朗らかな気分になって下車してきそうだから。

私の生家はすでに廃線になった、北海道の片田舎の終着駅にあった。哀しい女性に出会った記憶は無論ないが、常に転校していく同級生等を見送る場所が「駅」だった。出発を知らせる警笛と共に走り出す車両の窓から、友の顔と紙テープを握りしめた手が伸び、プチンと切れて、ほぼ二度と会う事はなかった。去って行く者はいつでも美しいが、残された者達の閉塞感の象徴、それが終着駅だったような気もする。私のように転校する機会のない地元の子供達には、終着駅という言葉が、天空から押し付けられた蓋のようにも思われたものである。

大人になんてなりたくないわ冬の薔薇

冬霧や黙って私についてきて

「フォロー・ミー」

思いがけず佳作に出合った喜びが、四〇年経った今も続いている。「フォロー・ミー」は、名作「第三の男」や「邪魔者は殺せ」等を監督した巨匠キャロル・リードの遺作だが、この小品を見終わった人のほとんどが、ジョン・バリーのテーマ音楽を口ずさみながら、幸せな想いに浸って、場末の映画館を後にしたのではないだろうか。

若い夫婦の心のすれ違い。その隙間を埋めるために、妻はロンドンの街を彷徨い、それを夫に雇われた探偵が尾行するが、何時しか不思議な友情へと変わる。言葉で相手を傷つける口を閉じて、様々な景物を一緒にただ見る事。それが互いの本質に近づく唯一の方法と、画面はそう頻りに訴えてくる。今ではストーカー犯罪とされるだろうが、当時の人々の豊かな思いがそれを許していた。

私はこの映画でピエロ・デラ・フランチェスカという画家の存在を知った。主人公が立ち寄るナショナル・ギャラリーに飾られている「キリストの洗礼」というこの絵は、映画ではイギリス上流階級生まれの夫がヒッピーまがいのアメリカ女性の妻に押し付ける、旧態依然の文化の象徴として描かれているが、私にはとても新鮮に映った。それ以来、この画家をフォローしている自分がいる。

太陽がいっぱい不在の籐の椅子

草摘んで終着駅に汽車は来ず

9・11アシナガグモの脚を抜く

「釜山へ行く」

韓国・釜山はやはり近い。二時間程度で着く。飛行機は格安のエアー・プサン、もちろん宿泊も格安ホテル。数人での旅だが、これは無駄な経費を嫌う団長K氏の断固たる方針。だが食費には多少、お金を投入する。つまり旅費を抑えながら如何にディープな処で飲食するかが、この旅の重要なテーマなのだ。例えば、入り口で軍手と火バサミを渡され、自分で焼く貝専門店や焼き鯖と卵焼きのみの路地裏店等で、日本人に会う事はほぼ皆無だ。

釜山はソウルに比べその距離のせいか、さらに親日的な感じがする。国際市場からすぐの釜山近代歴史館に行った時、案内人の小父さんから日本語で語りかけられた。彼の情熱的な話に気がつけば二時間が過ぎ、内容は植民地時代の良し悪しの事々。歴史館の前身は旧東洋拓殖の建物だから、まさにその時代の象徴だ。彼は私達に近隣のご婦人を紹介したいと連絡する。由緒ある方なのだろう、彼女は日本語でこう切り出した。「あの頃にも楽しかった思い出はあり、日本人の友達もたくさんいました。今も日本に学ぶべき事は多く、だからこそ歴史を正しく共有し歩み寄る必要があるのです」。韓国には少なからず行ったが、このような市民感情に触れる機会が多い。

ぐちゃぐちゃに地球丸めて花祭
犬掻きで世間を渡るつもりか、オイ！

「蔦沼の秋」

大町桂月の名は、北海道や青森の人には馴染み深い。今はなくなった青函連絡船が青森・下北半島の仏ヶ浦に差し掛かると、必ず「神のわざ鬼の手つくり」から始まる桂月の短歌が船内放送で流れる。桂月が何者かはよく知らないのだが、道内や青森の観光地を訪れると決まってこの名前に出会った。道央にある大雪山系麓の層雲峡は彼の命名、その近くには桂月岳さえある。各地に足跡を印し、明治から大正にかけて随筆や紀行文で名を馳せた批評家だが、今ではほぼ忘れられた存在であろう。かろうじて漱石の文にその名が散見されるが、評価は決して芳しいものではなく、知人への手紙には「馬鹿の第一位に位するものだ」とさえある。

とは言え、後年、漱石自身、実際に会った印象を「なかなかの好漢」と記しているその桂月は、青森県・南八甲田に位置し、ブナ林に囲まれた蔦温泉で亡くなった。私も夏場に訪れた時は、それほどの感慨はなかったものの、しかし秋、木々も水面も真っ赤に染まった蔦沼を見て目を奪われた。これほど美しい光景は見た事はない、とさえ言っていい。深い雪に埋まる蔦の地を、桂月はなぜ終焉の場所として選んだのか、あえて文章に残していないだけに、分かるような気もする。

純情をぱたんと閉じて夏日記

古の人も陽炎う夏の路

鮎の背にひかり一瞬留まりし

「会津への旅」

ここ五年ほど、仲間五人で会津への旅を継続している。最大の目的は蔵元巡りと温泉三昧。車の運転は若手にお願いして、他の四人は蔵元に寄るたびに試飲しほろ酔いになる等、いい気なものである。若手と言っても五十を超えているが、他が皆、還暦を越しているから致し方ない。

発端は、その若手のT君が学校の図書館へ本を販売する仕事で泊まった、福島県南会津町の温泉宿に感激したと熱弁をふるった事に帰する。何が良かったというと、近所にある地酒蔵元「花泉」が飲み放題、おまけにチェイサー代わりに旧南郷村名産のトマトジュースが付くと言う。ではではと馳せ参じたが、これが良かった。蔵元を五軒、道端の無人温泉場を含めて六ヶ所ほど温泉を巡った。誰かが「パンツをはく暇もないな」とぼやいてはいたが。この旅のテーマ外なので、会津若松に行っても城や飯盛山など有名処は行かない。都市部は蔵元のみ。だが小さな町村は、そのものが景勝地なのでいろいろと行く。中でも柳津町は良かった。高台にある圓蔵寺下の映画の舞台にもなった酒屋で地酒を試飲した。支払いの段、愛くるしい女性が「領収書は」と言う。無愛想なK氏の名言「貴女の笑顔が領収書」が飛び出るほど、愉快な旅である。

水晶の中にひそかな夏がある
夏の底は赤い赤いマグマだ

第6章

枯草を刈る

「満天の星空」

別に頼まれた訳でもないのに援農に行った。十代の終りの頃の事、場所は青森県六ヶ所村。その地には現在、核燃料の再処理工場が反対の声を押し切って建設されているが、うまく稼働しているという話は今もって聞かない。当の牧場主は胡散臭そうな表情を浮かべはしたものの、なぜ手伝いに来たのか、とも聞かず、トラクターで刈り上げた牧草を牧舎に運び込む作業の仲間に入れてくれた。牧草の名を確か「ウィーピング・ラブグラス」と教えてくれたように思う。えっ、咽ぶ泣く愛の草、何てロマンティックなんだろう。夜になると満天の星空。私たちは愛の草に寝転んで、一人ひとりが感傷に浸っていた。そして、先輩たちは夜な夜な、地区の青年たちとの討論に出かけたが、我々下級生は、牧草地の片隅に立てたテントとオンボロ車の見張り番で残った。

明かりはランプのみで、星が雲で覆われると、まさに真暗闇。雑談の途中、T君が急に席を立った。何食わぬ顔をして戻ってきたが、次の日の朝、「誰だあー、道の真ん中にこんなものをしたのは」という声で飛び起きた。牧舎に続く小道の中央に、彼の排泄物がうず高く積まれていた。我々の前夜のロマンティズムが急激に萎んでいったのは言うまでもない。

桃の花話の腰を折るキリン

雛あられ理由もないが踏みつぶす

夏空からあららステゴザウルスの脚

「草を刈る娘」

高校の図書室で借りた石坂洋次郎の『草を刈る娘』のページを捲っていくと、ドキッとするようなフレーズに出会った。祖母が十八歳の孫娘に言った「お前ももう、子どもを生みたい体になったのだよ」という台詞。直接的な表現でないが故にむしろ、高校二年の私にはあまりにも官能的だった。舞台は石坂の故郷である津軽平野。農繁期を終え、馬用の飼料を冬に備えるために、共有の草刈場に広範囲から農民たちが集まってくる。それはまた歌垣のように、地域の若者たちの出会いの場でもあった。リバイバルで観た映画のヒロインは吉永小百合。それほどヒットしたとは聞かないが、きらきらとした瞳が印象的だった。そんな美しい瞳を青森・六ヶ所村の牧草地で見たことがある。農作業着に身を包んだ牧場主の娘さんの姿に時々、私たちの作業の手が止まった。

美人という訳ではないが、その言葉以上に輝いていたのである。大学に引き上げるという日の前夜、夕食に招待してくれた。「こんなものしかなくて」と恥じらう娘さんには、「純朴」という言葉以外は見つからなかった。まるで映画のヒロインのような彼女の瞳は、原発バブルに負けず、牧草地を照らす星のように、今もあの頃と変わらずに、明るく輝いているのだろうか。

橋上にぽつんと一つ冬に入る

橋はもう渡ることなく雪時雨

「携帯電話」

二〇一〇年一月頃に「船団・今日の一句」に掲載された須川洋子さんの句「冬の舗道持つケータイの位牌めき」が、今も妙に気になって仕方がない。掲出から七，八年が経ち、携帯もスマホに取って代わられ死語に近いが、歩きながら画面に見入る姿は何も変わっていない。電車内でも一列に並び、周囲の状況から自分を隔絶させてスマホを注視している情景に、まるで自分の名前が刻まれた位牌を眺めているようで、何か哀しい未来を感じているのは私だけだろうか。その昔、知識偏重の若者達に「書を捨てよ町へ出よう」と呼び掛けたのは寺山修司だったが、今や町にはスマホ片手に、人気キャラクター探しに夢中な人々が溢れている。だが街の風景も人々の様相も、不透明な眼鏡をかけていては、新しい物は何も見えてはこないはずだ。

私達が自らの頭で「考える」事を取り戻すには、もう一度、「書」に戻る事も必要だと思う。もちろん全てとは言わないが、実行の伴わない知識以上に、知識に根ざさない行動に有益性があるとは思えない。短時間でもスマホを切り、書を読み、風景を見つめ、自ら考える時間を持つ大切さを、第二の寺山が登場してきて大きな声で叫んで欲しいのだが、それも詮無い話か。

蓑虫の寝息聞こえる夜ばかり

狐火に傘さす煙草に火をつける

底冷えて馬は木馬の上に乗る

「ボクシング」

六十を越えボクシングに嵌っている。高校の同級生が誘ってくれるのだ。それまで生で観戦した事はない。昔、ボクシングと言えば国民的な行事。近所の人々と一緒にテレビを囲んだF原田の試合等はその典型だろう。だがその人気も次第に下降線を辿る。原因としては、階級を細分化した上に主催団体が増加した事。つまりは世界チャンピョンと言ってもその数の多さに、名前さえ覚えられなくなり、多くの人々が興味を失ったからではないか。

だが私には、リングサイドで観たいという小さな願望が途切れずあった。場末のホールで缶ビールを片手に拳闘を味わう。それは寺山修司の世界に彷徨いたいという小さな夢だ。屈強な若者二人が遠い将来を思い描きながら拳で殴り合う事への感動。まあ観ている自分に酔っているに過ぎないとも言えるのだが。そんな理由で大きな会場で行う世界戦は断り、後楽園ホールの誘いだけを受ける。コンパクトだけに迫力は凄い。そして友人を通して選手と直に接する事も多くなった。しかし思う。礼儀正しい彼等も人気商売とは言え、普段も極度な節制をしているのに、酒席で酔っ払いの老人達との交流も持たなければならないとは、何とも気の毒な話ではないか。

天窓のかたちに空を切る燕

堕天使の裸体さやかに冬銀河

「後悔」

「彼がなした馬鹿げた事、彼がなさなかった馬鹿げた事が、人間の後悔を半分ずつ引き受ける」。フランスの詩人ポール・ヴァレリーのこの箴言に、北杜夫の『どくとるマンボウ青春記』の文中で出合った。兄の本棚に在った『航海記』を読んで以来、しばらくの間、新刊が出るとすぐに買い求める、北の追っかけ読者と成ったのである。

後悔という言葉を強く意識し始めたのは、確か小学校の卒業文集を読んだ時だったか。正確には覚えていないが、その言葉は、Sさんの「私は家族や先生の言い成りにはならない。後悔なんてしたくないから」という、我々ガキ共の稚拙さに比べて、大人びた文の中に書かれていた。自分の意志に反した行為が後悔を呼ぶ。その時、薄すらとそう感じたが、冒頭の言葉に出会ってさらに、自分を極限まで追い詰めて決断しなければ、半分は後悔すると気づいた。だが実際、揺れるタイトロープ上で左右どちらかに踏み出す馬鹿げた行為とは一体何か。家族を投げ捨て放浪の旅に出た訳でもなく、多少の波風はあったとしても、半世紀以上を平凡に過ごしてきた私の人生は、後悔にすら値しないのかもしれない。そして人間にとって馬鹿げた事とは、戦争と恋愛以外には思いつかない。

秋しぐれ鰐の内股気にかかる

氷河からぬめっと顔を出すキリン

若葉風あふれて酸素欠乏症

「不愉快と不快」

不愉快と不快は、「気分を害する」という辞典的な解釈においてそれほどの違いはない。強いて言えば、不愉快は人の言動に対して、不快は空間・場所に対しての感情と言えるか。「面白くない・つまらない」という気持ちには変わらないが、私には少し違いがあるように思う。不愉快な出来事というのももちろん気分は害するが、冷静に考えると相手の主張・対応にも一理あると納得する面が確かにあり、思わず苦笑してしまう事も少なくない。

十年ほど前のスキー旅行。リフトに乗ってゲレンデを登っていった時、若い女性が隣に座った。「何処からいらしたのですか」という愛らしい声に振り向いた途端、彼女は下を向いてしまった。何故に私はこんな老人に声をかけたのだろうという悔恨と共に。最近では高校の同窓会。懐かしい女性がしみじみと私の顔を見て「I君?」と言った。Iならあそこに太って居るだろうと、自分の体型を顧みずに憤慨した。これらは私にとって不愉快な出来事。これに対し不快の最たるものは、電車や往来等での人々の無神経な振る舞い。これらは日に日に多くなるばかりだ。昔は不愉快の数の方が勝っていたと思うが。

浅春に横断歩道でころぶ河馬

淡雪や赤信号を渡る犀

「男と女」

男は過去に生き、女は未来に生きると言う人がいる。確かに高校時代の同窓会に出ても、男子はレベルの低い思い出話に終始するが、女子は自分や家族の現状を、そして近未来的な今後の事を話題の中心にしたがる。一概には言えないのかもしれないが、人生に一区切りのついた者達には特に、そんな傾向が強いように感じられる。

私自身、馬鹿な思い出話が大好きだが、地域の自治会役員になった時は閉口した。「あの人は何歳」「この人は何処の会社のＯＢで、どんな役職」という話題が飛び交い、こんな場所でも社会的な過去を引きずり、ヒエラルキーを作りたがるのかと半ばあきれた。反面、同じ過去を語るにも「どの女の子が好きだった」とか「あの時はこうだった」という高校の仲間の話には罪はない。多分、会社や組織という世俗的なしがらみや、会社のレベルや役職の有無という下らぬ幻想から解放された結果が、他愛もないよもやま話に至るという事なのだ。それが女性陣には不甲斐なく映る。まだ先は長いのよ、やりたい事はないのと。しかし言いたい。我々は決して後ろ向きではなく、終着点に向かってリフレッシュしているのだと。それは単に、言い訳にしか聞こえないかもしれないが。

海鳴りを呑みこんでをり氷下魚汁

電線に秋風が引っかかっている夕べ

月光をずるりと剥いて水温む

「老後」

間違いなく老人である。だから今、老後の真っ只中にいる訳だが、その自覚はすこぶる乏しい。元来、私の老人のイメージは祖父である。着物を着て下駄を履き、ステッキを突いて朝から町内を一周する。視力が極端に弱くて足元もままならず、じれったくなるほどの速さで進む。鬼ごっこ等で駈けずり回っている私がふと気づくと、まだその場にいる、事実は違うのだろうが、そんな感覚が残っている。知り合いの家で茶を飲み、午後からも同じように近所の知人を訪問し、夜、一合の酒を飲み寝床につく。大雑把だが、それが私の描く老人の像だった。

さて、いざ自分が老人になってみると、私が持っているイメージとはかけ離れている。足腰は確かに弱っているが亀的歩行とまではいかない。酒も時には大量に飲む。しかし間違いなく老後を歩み、若い世代はあの時の眼差しで私を見つめているのだ。その事実を飲み込み、改めてふと思う。祖父はあの当時、何を考えて日々を過ごしていたのだろうかと。激動の時代の中、十数人の子育てを終え、家業を父に譲り自由を満喫していたのか、それともぽっかりと空洞を空けたまま過ごしていたのか。その事を体験する順番の地に、私はまさに今、立っている。

薔薇盗人という本ありき夏の庭

素面も自信はあるの薄紅葉

「焼きつくフレーズ」

読後、満足を得る事が出来れば、その本の使命は尽くせたと言える。だがもし、一行でもフレーズが読者の脳裏に焼きつくならば、これ以上の事はない。私にとっては例えば太宰治。『津軽』の末尾はこう。「さらば読者よ。命あらばまた他日。元気で行かう。絶望するな、では、失敬」。刊行が太平洋戦争の末期という背景を考えると一見、分かりやすくは見えるが、「絶望するな、では失敬」というフレーズが何故に突然の如く、この小説中に記される必要があったのか、深く私の中に刺さっている。同様に『右大臣実朝』の文中、「平家ハアカルイ。アカルサハ、ホロビノ姿デアラウカ」というカタカナ表記した実朝の言葉。『ヴィヨンの妻』では「人非人でもいいじゃないの。私たちは、生きていさえすればいいのよ」、『道化の華』では「ふかい朝霧の奥底に、海水がゆらゆらうごいていた。そして、否、それだけのことである」と締めている。「それだけのこと」、このような言葉に出会うと、何か得したような気分になる。

ちなみに『富嶽百景』にある「富士には月見草がよく似合ふ」は陳腐に思えるが、「富士はやっぱり偉いと思った。よくやってる、と思った」は、やはり口ずさみたくなる、気になるフレーズだ。

糊付けの愛晩冬の棒磁石

廃屋の蝶舎は白く咆哮す

湾曲に木枯らし落ちて街眠る

「父達の戦争Ⅰ」

青年期を戦地で過ごした人達の多くはそうだったと聞くが、二〇〇二年に八六歳で亡くなった父も戦争での出来事はほとんど語らなかった。昭和の高度成長期の入り口に末っ子として生まれた私に対しては、特にそうだったような気がする。それでも亡くなる数年前、刷り上がったばかりの自費出版本を何も言わずに置いていった。『戦闘と飢餓の思い出』と題した所属部隊の文集である。

ごく最近まで本棚の片隅で埃をかぶっていたが、何気なしに手に取り頁を捲ってみた。読むやその内容は、私の鎮魂と共感に満ちた記念文集のイメージを払拭し、筆者達は全てを吐き出し実に生々しい。多分、戦争という異常空間で起こった事は、日常言語で伝えるにはなかなか難しく、文章にするにしてもオブラートに包む事が出来ないほど、何か高ぶりが在るのかもしれない。父にして当時、既に亡くなっている大隊長についてこう記している。「敵機襲来となると大隊長が真っ先に防空壕に入る事で、割り切れない気持ちを抱いたものだった」。遠慮がちにそう記しているが、遺族の方も読む事を想定すると、普段の父らしからぬ表現。つまり戦争には隠し切れない黒い感情が、個々人に渦巻いているという事だろう。

新秋や背筋を伸ばす団子虫

息白し乱数表を食べる山羊

「父達の戦争2」

或る少尉の文には驚く。大隊長と所属の中隊長に確執があり、高射砲の照準を大隊本部に据え、次の命令が「目標本部。発射用意」。実際には回避されたが、弾は前から飛んでくるばかりではない、という話も頷ける。規模はともあれ、本当に味方同士の殺傷はあったのだろう。また、陸海軍の各部隊が食料を囲い込み、それを他の隊の者が盗み出す事も頻繁だったらしい。或る歩哨が夜、怪しい人影を誰何すると、果して海軍行李を担いだ上官だった。逆に鉄拳制裁をされ、余りの口惜しさに海軍からの盗みの事実を大隊長に告げたところ、上官は職務を解雇されて制裁を受け、溜飲が下がった話も書かれている。

復員船の中では部下が上官に仕返しをする事も茶飯事で、中には海に投げ込むケースもあったらしい。飢餓と戦闘と、異常な階級ヒエラルキーが全ての人々を精神的に追い詰め、そして傷付け合う。父が昔、ポツンと言った事を思い出す。「戦争では良い人から順番に死んでいく。生き残るのは、どこかずるい人間だけだ」。これは多分、自戒を込めて言ったのだろう。自分は生きていていいのか。この文集は、青春期を愚劣な戦争に奪われた者達の呟きで満ちていた。

日盛りに寝ない子もいるカトマンズ

雪渓や青春だけが落ちてゆく

雨のごと風のごといく春歌まで

第7章

巡る日々

「湯ヶ島温泉」

児童文学作家としてお世話になった人に、次の三名がいる。清水達也、鈴木喜代春、川村たかしの各氏。もはや皆、鬼籍に入られたが、酒豪だった事が共通している。清水さんが六〇歳の時、還暦を祝して各児童出版社の編集者が湯ヶ島温泉のY屋に集まった。掠めていった台風の影響で、強風、土砂降りの中、伊豆・修善寺からのバスがよく走ったものだと今にして思う。

Y屋は川岸の段丘に建った下に向かっての五層。道路沿いの玄関を一階とするならば、地下五階が源泉の沸く風呂場である。宴会前の岩風呂に浸かりながら、傍を流れる狩野川の支流がいつ溢れてくるかと心配になったのを覚えている。こんな時に来る客等はなく我々だけの祝宴だったが、ご主人が実に興味深い話をしてくれた。幼い頃、『檸檬』の作者梶井基次郎が結核治療で逗留し、風呂から上がっては素っ裸で川に飛び込み、女性陣が目のやり場に困った事。そして川端康成を訪ねていたY館宿泊の宇野千代が夜、窓から梶井の部屋に忍び込んできた事。宇野の自叙伝にもない話を「私は確かに見たのです」と力説した。Y屋は既になく、ご主人も清水先生も亡くなられたが、レモンを見るたびに、それらの事が思い出されるのである。

暑気中り阿形と阿形の仁王門

鰐も河馬も球体感覚夏の坂

戯れに風のみどりに接吻す

「天城峠と桜の木」

清水達也さんの著作の中では、駿河に伝わる民話を素材にしたものが特に好きだが、長らく続けられた地域の読書推進運動にこそ、その真価が発揮されたように思う。湯ヶ島で行われた先生を囲む会は十年ほど続いたが、飲み疲れた深夜、ごうごうと流れる川音を聞きながら脳裏に浮かぶのは、梶井基次郎のフレーズ「桜の樹の下には屍体が埋まっている。これは信じていいことなんだよ」。

湯ヶ島から天城峠を越えると河津町に至る。そこは早咲きの河津桜と川端康成『伊豆の踊子』の舞台となった湯ケ野温泉で知られる。「踊子」は様々な不安感に満ちた作品だが、とりわけ処女性の持つ無垢な残忍さが底流にあるように思う。共同浴場のテラスから全裸で手を振る踊子に、「子供なんだ」と主人公は、ほうっと深い息を吐いて、ことことと笑うが、その笑いは果たして、桜のように美しい純粋を支えているのは、死体のような、どろどろとした無意識であるとの自覚ではなかったか。一九二七年三月に「踊子」が単行本化された時、その校正を梶井が手伝った。『桜の樹の下には』は、その翌年一二月に季刊同人誌に掲載されたが、川端自身が若書きと自認している「踊子」から、少なからず影響を受けているように思えてならない。

猫の手で黒髪を梳く梅雨曇

白鯨の息が漂う波頭

「白神山地」

青森県から秋田県に跨る白神山地のブナ林を歩いた事がある。ブナの原生林がこれだけの規模で残っているのは世界的にも稀で、一九九三年十二月にユネスコの世界遺産に登録された。しかしその十年ほど前、ブナ林を伐採して林道を通す計画が持ち上がり、もし市井の環境保護団体の活動が実らず強引に実施されたとしたら、地球上から自然遺産の一つが消滅した事になる。児童文学作家の鈴木喜代春さんはその保護運動の実態を子供達に伝えたいとし、その予備取材に同行したのだった。実はこの企画、先輩のYさんが暖めていたもの。K大ワンダーフォーゲル部出身の彼は単独行が得意で、一人でよく山に入っていた。深夜、暗闇の中、テントや祠で寝泊りした話を聞くたびに、恐ろしくはないのかと感心したものである。

その彼が会社の夏休みに故郷の木曽川で水死した。前夜、新調の靴を自慢しながら酒を飲んだばかりだったのに。葬式に実家へ出向くと、玄関先に真新しいその靴がきちんと揃えられていた。言葉にならない思いと共に、ふかふかのブナの葉の絨毯を、履き古した運動靴で踏み歩く。隣には白い帽子を被った鈴木さん。見上げると緑の木々の隙間から青空が覗いていた。

七月の朝歩き出す希望まで

春一人今日も明るく引篭り

金魚鉢絶望するな、では失敬

「アオモリマンテマと青沼」

「あの岩肌に、しがみつくように咲いていていました」と、ブナ林からわずかに開けて見える、遠くの斜面を指差してJさんが鈴木さんと私に言った。その花は絶滅危惧種に指定されているナデシコ科のアオモリマンテマ。白神山地に自生する固有種だが、切り立った岩場に初夏、ひっそりと白い花を咲かせるので、一般のトレッカーに気づかれる事は滅多にないそうだ。一九七三年に新種として登録され、案内人のJさんにしても数度しか見た事がないと続ける。彼が以前、撮影した写真から、彼方の岩場で咲いている可憐な白花を想像するばかりだった。

ブナ林は緑のダムと言われるほど保水性が高く、白神山地を日本海沿いに下ってくると、詳細には三十三を数えるが、十二湖と呼ばれる湖沼群が現れる。その一つが名高い青沼。周囲をブナの木々に囲まれた小さな沼の青さに言葉を失うほかなかった。観光案内には「青インクを流したよう」と書かれているが、その表現には偽りはない。水はどこまでも透明に近く、別に何かが溶け込んでいる訳ではない。太陽光の赤の部分を水が吸収していると考えられているが、ともあれ自然の造形美という言葉を改めて考えさせられるほど、不思議な色彩であった。

新涼や羊は星へ舵をきる

日傘さす隣に猫がいる感じ

「フキの銅像」

児童文学作家の川村たかしさんの故郷は奈良県五條市。勤皇で名高い十津川郷士のその村は近い。十津川村は一八八九年八月、想像を絶する集中豪雨で壊滅的な被害を受け、二千五百人ほどの住民が北海道中央部に開拓民として移住した。その開墾の姿を史実に照らし合わせながら記したのが長編『新十津川物語』である。一九七七年から十年をかけて完結した十巻物で、当初は玄人受けする地味な印象しかなかったが、斉藤由貴主演のNHKドラマの原作に取り上げられ、一躍、脚光を浴びたのだ。新十津川町に「新十津川物語記念館」ができたばかりの頃、氏の講演を仕切って札幌にいた。前の晩の飲酒時、急に「明日明後日、お前暇か」と聞く。新十津川町でNHKの取材と記念講演があるから付いて来いと言う。尻込みしたまま次の日、役場の車に乗せられた。

夜は料亭の大広間に相手は町長、助役等の町の重鎮。こちらは先生と私。どうやら先方は担当のK社の名編集者I氏と勘違いしている模様。先生はと言うと、「いいから、いいから」という表情で平然としているが、私の方は冷汗三斗。取材には付き合ったが講演会は逃げ出した。記念館の庭には、今でも主人公フキの銅像が故郷の十津川村に向かって屹立している。

星月夜金魚は真直ぐ立ち上がる
河鹿鳴きペパーミント的な妄想
ひょっとして海月みたいな女神像

「物語の風景」

川村さんの生業は教師である。出会った頃はB女子大の教授だったが、小学校教諭が始まりである。六年後に中学に、三年後には高校に移り、初担任の子供達には「先生、付いてくるな」と怒られたと笑っていた。講演の冒頭の得意フレーズは「私は幼稚園に勤めると、全ての先生をしたことになります」。そんな先生がいつも話されていたのが「児童文学に教育を入れてはいけない」である。淡々と物語を刻む中から、子供達は何かを掴み取ってくれる。つまりは児童を徹頭徹尾、信用していたのだ。一八八九（明治二二）年の暴雨の描写から始まる『新十津川物語』は、一九六〇（昭和三五）年の開村七〇周年までを描いて終了した。

その間、北海道に起こった歴史的な事実に即しながら物語は進んでいく。特に昭和二九年九月に南部を襲った洞爺丸台風の惨事は、私にとっても忘れられない出来事だ。もちろん乳児の私には遠い話だが、高い防潮壁を持ち、海面から十メートルほどの高台に立つ私の家まで、凄まじい波飛沫が打ち寄せたと祖父から繰り返し聞いた。この一一五五名の命を飲み込んだ海難事故だけではなく、自然の脅威を淡々と受け止めながら、それでも生き抜く人間達を本作品は描いている。

春ひなた応援団は昼寝中

提灯を羽毛代わりの謝肉祭

「霧島温泉」

坪内稔典さんと初めて仕事をしてから、もう三二年ほどが経つ。春夏秋冬の季節ごとに分けた『俳句カード』の作品選択と解説執筆を依頼したのだ。その頃の先生はS女子大の助教授で、今ほど忙しくはなかったように思う。これ幸いと、各地で開催する講座の講師役をお願いした。午前中一時間半の講義時間だが、朝十時の開始ゆえ、当然その地には前泊となる。まず早めに現地入りして名所を巡り一献傾ける訳だが、私の役目は先生を聴衆に紹介する数分という、緊張を必要としない実に気楽なものであった。熊本の夏目漱石旧宅、土浦の長塚節生家、松山道後温泉など、様々な処を訪ねたが、中でも鹿児島・霧島温泉での出来事は思い出深い。

私の名前は「忍」。仲居さんは女性と間違えたのか、ほろ酔いの二人が部屋に戻ると布団がぴたっと寄せられ、枕元には二羽の折鶴。慌てて布団を引き離したが、お互い妙に具合が悪かった。甲府では別れ際、「これは絶品」と渋柿を渡され、だまされた私がどんな顔をして食べたかと、雑誌に書かれたこともある。確か福岡の大宰府も歩いた。「大宰府にて」として先生の詠んだ句に、「冬晴や何も言わずに友といる」があるが、もしやこれが私だったとしたら嬉しい限りだ。

浮雲は浮かぶべくして浮かびけり

山盛りの冷むぎ胸板が厚い

冬晴れや友が一人と犬二匹

入社時の上司M氏は現役の日本画家でもあり、絵画について様々な事を私に教えてくれた。今や絵本作家として著名になった彼はその頃、各地に在る美術館の収蔵作品に、上手、下手の出来栄えの点数を五段階に分けて付けていた。名のある画家に対して畏れ多いと感じていた私に、たとえ巨匠とは言えども、秀作も凡作もあると言い切った。同時にキュビズムについて、「物を前後、左右、上下から同時に見て、それを一体化して描くのだ」と説明してくれた。

なるほど実作者の話は分かりやすく、立体派の多面的な構図の意味が初めて理解出来たように感じた。だとすれば、当時、映画の一シーンから虜になっていた、初期ルネッサンスの画家ピエロ・デラ・フランチェスカの平面性は、一方向からの視点によるものかと思った。見えない部分は観る者に委ねられているとも。

お気づきの通り本書のタイトルは、M氏の友人、夭逝した画家有元利夫の連作「私にとってのピエロ・デラ・フランチェスカ」の模倣である。極私的というほど大それた意味合いはないが、ただ実体が在りそうで希薄な、ふわふわとしている仮定の存在に近い石川くんを、詠むそして記す、私だけのイメージの対象として求めた。それはまさに平面的であり、とても俳句的な感じがしたからである。

俳句は片言性が強く、読み手との協同を通して確立されるという見解には賛成である。作者の一方向からの視点と読者の他方向からの視点が合わさる事で、初めて対象が浮き出てくると言ってもいいかもしれない。もし俳句がそのようなものであるなら、俳文も同様。作者がその主旨を明確に述べるのではなく、読者の解釈が加わって初めて、文章として成立する事が求められているのではないか。だからこそ、もちろん俳文とは謳ってはいないが、本企画「俳句とエッセー」のエッセー部分は、俳句との距離が近い平面的な視点から書かれるべきであると、私は勝手にそう解釈した。

平面性と共に、もう一つ意識した事に「山」がある。子規が主導した文章講読会「山会」が目指した、聞き手、読者が思わず引き込まれる盛り上がり。それが文章にちりばめる事ができたら、さらに俳句に近い文章が出来上がるように感じられた。それには卓越した文章力と構成力が要求されるのは、重々承知の上ではあるが。

本書が果たして、それらを満たしているかどうかは脇に置き、この二つの事を目指した作業は思いのほか、楽しいものであった。このような機会を与えてくださった坪内稔典氏には、心より深く、謝意を述べさせていただきたいと思う。

二〇一九年冬　　　　赤石　忍

著者紹介
赤石　忍（あかいし しのぶ）
北海道出身・「船団の会」会員

〒270-0114
千葉県流山市東初石 1-67-1 B101

俳句とエッセー
私にとっての石川くん

2019年1月11日 発 行　定価＊本体 1400 円＋税

著　者　赤石　忍
装　丁　唐木田敏彦
挿　画　本信　公久
発行者　大早　友章
発行所　創風社出版
〒791-8068 愛媛県松山市みどりヶ丘９－８
TEL.089-953-3153 FAX.089-953-3103
振替 01630-7-14660 http://www.soufusha.jp/
印刷 ㈱松栄印刷所　製本 ㈱永木製本

 ISBN 978-4-86037-269-9